讀詩人19　PG0776

<的相反>

作　　者　鄭安邦
責任編輯　孫偉迪
圖文排版　王思敏
封面設計　鄭安邦

出版策劃　釀出版
製作發行　秀威資訊科技股份有限公司
114 台北市內湖區瑞光路76巷65號1樓
電話：+886-2-2796-3638
傳真：+886-2-2796-1377
服務信箱：service@showwe.com.tw
http://www.showwe.com.tw
郵政劃撥　19563868　戶名：秀威資訊科技股份有限公司
展售門市　國家書店【松江門市】
104 台北市中山區松江路209號1樓
電話：+886-2-2518-0207
傳真：+886-2-2518-0778
網路訂購　秀威網路書店：http://www.bodbooks.com.tw
國家網路書店：http://www.govbooks.com.tw
法律顧問　毛國樑　律師
出版日期　2012年7月 BOD一版
定　　價　150元

總 經 銷　聯合發行股份有限公司
231新北市新店區寶橋路235巷6弄6號4F
電話：+886-2-2917-8022
傳真：+886-2-2915-6275

001

<序>

這篇序不會有與貓相關的句子

越寫到後來
就越不抱著他們「非詩不可」的心情去寫了
甚至不覺得他們必須是文學
然而他們絕對不會是類詩，他們不是想學寫詩卻寫不好的產物

我在中興大學綜合大樓的一張桌子上發現一首「詩」
非常喜歡，於是就抄下來
希望它現在還在那裡
附錄如下：

我用我僅有的原子筆
在長串的數字與符號間
填滿彼此的空隙

直到……
分不出是符號還是數字
無奈……
並非監考老師的目光
而是我僅有的原子筆
填不滿考案卷的空格～

歐仔麵線

002

2012年1月20日

＜目錄＞

004

＜蒹葭＞是裁紙刀使紙張流淌神性在**第41頁**

＜新開的鏡子＞在**第43頁**而看煙火是沒有靈魂的行為

＜自從臥虎藏龍後＞最後的魔在**第44頁**鬼早就斷糧而死

＜靜夜思＞之後我們就去在**第45頁**買樂透

＜我們與所謂我們的不健康＞在未在**第46頁**日那天把所有的錢放定存

＜不成熟之詩＞或者開始討論哲學並適時地厭煩起來在**第50頁**

＜生日＞徹在**第51頁**底的反叛忽然開始不讀張愛玲

＜一張椅子加一張餐桌有幾個人＞徹在**第52頁**底地反叛在所有的腳趾擦上指甲油

＜奔跑＞徹在**第53頁**底得反叛一天內膽敢攝取一千九百大卡

＜風雅頌＞徹在**第55頁**底底反叛寫「從最寂寞的天空偷一片你衣角的藍」之類的句子

＜to be straight＞在**第56頁**最近流行在假裝有做到的東西前加個「微」字

＜離別＞在**第59頁**找不到那個哀傷的重開機的鈕

＜煙火＞一三五貞潔二四六淫蕩第七天學上帝休息在**第60頁**

＜關於曾祖母的回憶＞旋轉木馬在**第61頁**降臨

＜惡夢＞別讓滑鼠意淫在**第63頁**著螢幕　　的權利睡著了

＜芭比留言＞在**第64頁**一切安好除了人生與你寄放的鱷魚的童年

＜逃生＞「微」詩在**第65頁**的眼

005

＜不說鋤頭是鋤頭＞勞工微工作微失業官員微上任微卸任在**第92頁**學生微學習微翹課

＜相聲——好不熱鬧＞企業微才在**第93頁**誠微行政助理

＜進行式＞限！18歲以下靜止閱讀　在**第95頁**

＜二〇一一年＞回到問題真正的問題在**第96頁**在於人們從不認真地去做不正經的事

＜七恨＞沒人注意到天真在**第99頁**不過是沒錢買鞋的後遺症著實令莫札特們驚訝

＜邵氏武俠＞傷口舔舐天空天空因而化身郵票在**第101頁**將世界寄往虛構的地址

＜政治＞在**第102頁**而忘記誰都知道抽屜最擅長忘記忘記就交給抽屜去描述

＜搞笑藝人＞最後，就剩一座旋轉木馬在那裡天荒地老在**第103頁**保存期限剛好比人類文明多一天

2012年1月25日寫

007

<賦格>

一、秋樹
我走著
一路上都是短短長與破折號
尋尋覓覓那一曲
詠嘆　楊柳春風　不度玉門關的那一曲
也許我的資格只該
眼睜睜底看　等看
秋風吹響　空階上的一影桐聲

二、雨
在永無清朗的季節裡
零零丁丁　赤裸底敲響於屋簷，於水色的小巷
雨滴
像你　像我　也許你在一柄花莖裡停留，也許我在古木老朽脈絡裡佇足
無聲無息底　等待

這個悠悠久久的季節的憔悴與凋零
我們則飄流成了天上的雲

三、邊緣
找不到世界盡頭之地平線
沉默死了
佚失在這兒　散落在那兒　錯落成第一與第二響喪鐘間的休止
然後遠久以後悄悄溜走
世界的盡頭可能會不堪孤絕地跑來
像沉默受不了寂寥而死
伶伶俐俐閃躲著　休止符

四、迷路之歌
是風雨糊塗了、是季節的神糊塗了
從此無聲的碎片飛散　道路被花草封鎖
而你　而我
因此被天罰成撒哈拉沙漠的兩顆沙粒

我們不由自主底跟著風　跳起旋轉的舞蹈
於那壯美傳說的懷裡
而在台北灰色的蒼穹中　發現自己迷了路

五、賦格
我走著
　在永無清朗的季節裡
　　找不到世界盡頭之地平線
　　　是風雨糊塗了、是季節的神糊塗了
一路上都是短短長與破折號
　零零丁丁　赤裸底敲響於屋簷，於水色的小巷
　　沉默死了
　　　從此無聲的碎片飛散　道路被花草封鎖
尋尋覓覓那一曲
　雨滴
　　佚失在這兒　散落在那兒　錯落成第一與第二響喪鐘間的休止
　　　而你　而我

010

詠嘆　楊柳春風　不度玉門關的那一曲
　像你　像我　也許你在一柄花莖裡停留，也許我在古木老朽脈絡裡佇足
　　然後遠久以後悄悄溜走
　　　因此被天罰成撒哈拉沙漠的兩顆沙粒
也許我的資格只該
　無聲無息底　等待
　　世界的盡頭可能會不堪孤絕地跑來
　　　我們不由自主底跟著風　跳起旋轉的舞蹈
眼睜睜底看　等看
　這個悠悠久久的季節的憔悴與凋零
　　像沉默受不了寂寥而死
　　　於那壯美傳說的懷裡
秋風吹響　空階上的一影桐聲
　我們則飄流成了天上的雲
　　伶伶俐俐閃躲著　休止符
　　　而在台北灰色的蒼穹中　發現自己迷了路

1999 年某日寫

011

<夕照>

總是有些人在某些時刻
帶著他們的落葉和霧走過
夕陽匆匆翻過他的那一頁
他轉身
發現身後那面牆上燒得什麼都不剩
一陣傾盆的鐘聲
地上多了一隻溼透的魚

寫完<來自地面的鳥瞰>之前的某天（兩篇完成時間差約一年）

012

＜來自地面的鳥瞰＞

高樓將影子甩得很遠
任街道如車輪般自其上一一輾過
而一株葉子落盡的樹
此時將手臂曲起
在街的那一頭
一把小提琴摀著嘴跑遠
一柄琴弓在其後緊追不捨

有關價值云云
最尷尬的情況莫過於
生前將淚水哭成了墨水
死後書本也把眼睛閉起
某個嚴肅的日子裡
智慧鄭重地量化為頭上的白髮

013

而我們拒絕出生的那一票
尚未懷孕卻直接流產
藉著哭聲，我們成為嘶啞的逗號
而鋸痛我們的
不見得就是自蘋果樹上滑下來
最豔紅的那一隻

之後，總是有些人在某些時刻
帶著他們的落葉和霧走過
思考著潮漲淹死一些人而潮退又渴死一些魚的吊詭
思考著會不會有一排飛彈將此岸人文化成和彼岸涅槃寂靜縫在一起
思考著歷史是太瘦的暴食症患者致使
夕陽輕率如一柄雞喙地將匆匆翻過他的那一頁
轉身發現身後那面牆上燒得什麼都不剩
我們的身分其實一直都在
印章上皺著眉頭
就任它深邃地皺著輕巧的眉頭吧

014

假如落葉也是一種美

看到印章，想到一紙不平等條約
家族畜牧業繼承人，耶穌
放羊的孩子
尚未第三次告訴我們
自出生我們就是他名下的羊
另一棵斷梗的睡蓮
柔軟地倒在巷底漸漸失血
塵土滾滾，那個漸行漸遠似哭似笑的長嘯
來自一根磨損不堪的皮腰帶

新聞主播的漱口聲中
馬桶莊嚴地咀嚼隔夜的精華
每個早晨
他都將最睏的表情沖掉
（它們沉到海中

015

　跟比目魚躺在一起）
推窗
把視線送進對面的窗裡
有人於是此刻聲稱
整塊天空貼著他的頭顱旋轉

至於太陽
也不過是變了色的月亮
日頭升起究竟是
豆芽一陣爆炸的驚喜
還是樹上那顆果實離我們又遠了點？
呵呵，是另一個不發薪水的日子

一對高腳杯則由於相擁而破碎
碎片中滾出一個孤獨的醉客
剎那間群音瘖啞、天地無聲
只因那醉客他聽不見

016

他以大字型的姿勢飛騰入天空
與冷而硬的月亮撞個滿懷
只聽見地上一粒塵喊痛
破曉時，街燈茫然的眼神
與夜色一同草草死去
而那個醉客
又將會是一個穿白襯衫喝黑咖啡的好漢

涅槃會不會也不過是另一隻
淡水魚跳海自殺？
一片落葉旋轉而下
並伸來一雙柔軟的手，令人以為
落葉就是那棵非樹的菩提
它悄悄穿過人群
猶如魚游過另一波千篇一律的水流
而姿態如此之高
落葉在腳下竟走一步哀一聲

017

我遂轉身將一切拋諸腦後
據說每一朵普遍級的蓮花上
都壓著一副得道的屁股

我甘於面貌模糊且未曾是塊碑
與碑後升起的霧
一陣傾盆的鐘聲，
地上卻又多了一隻溼透的魚

一輛公車緩緩游來　吸入
　　　　　　　　　吐出
人群　有的從街的這邊
到街的那邊
有的在大樓之間　上升
　　　　　　　　下降
街道，被吹出了蝴蝶的聲音、雪的聲音
運將嚼了滿口晚霞

018

呸！遍地都是倦鳥的血
遠方群山一陣哆嗦
一隻落單的烏鴉此時飛過

當飛過都市的上空
牠落了一根羽毛
紅綠燈便集體色盲了起來
眾車遲遲
想到了會不會有一枝直笛，在當年、或者更早
曾經傳出了蟬的聲音、鳥的聲音

想到按下馬桶沖水鈕時
事件的意義誕生自旋轉之中
想到每個傍晚
風都會替街道溫柔地闔起一張面孔
歲月好好的摺疊在餐桌上
新聞仍卡在主播的牙縫裡

019

街道也翻閱著每一雙路過黑皮鞋的表情

帶靜一
著地棟
蟬越建
聲過築
的圍中
影牆大
子並樓
一 安繞的
棵 安上鋼
而街的那一頭樹兀自將靜了架

2003 年某日寫
2004 年第二十一屆中興湖文學獎現代詩佳作

020

<可倫坡>

一、泅泳
他（或她，名叫可倫坡）
生前，並非是鳥
生前，是個空鳥籠，卻假裝自己未曾是顆石頭
生前，於是乎知道謊言分黑色白色兩種
生前，飯前飯後服用的差別
生前，生前，生前……
走入水中他才驚覺溫度和陸地上的相同
可惜發現得太晚
他一直在做一樣的事
只不過這回他是條魚

二、森林之木
月亮是末日的太陽
路，從笛聲中吹出來，既長又直

021

一個走過的人
落葉飄下來，永遠差一點沒碰到——張愛玲
路那一頭的童年越變越小——荷塔．慕勒
故事在他的頭頂喃喃自語
生命被大片大片丟棄到遺忘之中——米蘭．昆德拉
像水手一樣
像罪人一樣
像在分娩的女人一樣，引來了、引來了……
一個令人驚嘆的旋轉木馬——尚．惹內
飛過櫻桃餡餅
飛過傍晚的櫻草花——維吉尼亞．吳爾芙

某個詭奇的黃昏裡竟無人身亡
只因拼貼的森林中
有一株破碎的樹

三、丑角
因語病過多的沉默

仍是金的嗎？
也許推開生命
不比推開一盤花椰菜來得簡單
但「明天充滿希望。」
發言者是上帝
還是三七五減租後的農夫？

其實我很清楚
神偷懶，以自己的模樣
造了仙人掌
我們生來就是這副連自己都討厭的長相

我不是丑角
我是被說出來的笑話

四、可倫坡
警察從水中撈出一具

023

濕淋淋的菩薩

不見得苦海無涯就需回頭
下沉是另一個方向
所謂只要有心
被吃乾抹淨的麻辣鍋底
人人都可以看到一個頹廢的摩西

案發下午，閒擱茶几上的報紙
疑似打了個呵欠
非門廊派的，它不是怕寒的流浪漢
亦非犬儒式的，它向來咬不動麥當勞
它明白在死亡前
一切發問皆是擲地有聲的銅鐵
夕陽不語，唯夕陽的沉默是金
（然而遠方傳來天空變藍的聲音……）
可倫坡於其間閃躲成一條安靜的小蛇

024

閃成蛇還是弓還是一段裊裊的禱文
其實都不重要，他彷彿清晨纏在煙囪上的睡意（你看他又變了）
正因不重要
使萎落了姓氏的某處，比茶葉沉得更深、比天涯離得更遠
這裡只有不垢不淨而無法決定用不用掃把的尷尬
而堅與白仍追趕著青苔已捷足先登的一顆石頭
路燈下，飲露的眾神與食肉的禽獸爭著一杯破戒的酒
一柄箭因目標是空氣而倉皇失措

只見路上行人欲斷魂
卻又斷不掉
紅綠燈拋個媚眼就能把他們引到路的另一邊
老天爺發笑
遍降福澤
「而獨漏了人。」這句是誰說的？也許是可倫坡
一個自知膚淺的人
死亡是他唯一到得了的深

025

由於世界如此之遼闊，網得住鳥、留不住風
他選擇信奉那個比雀斑還小的神（以不上不下的蹲姿降臨）
而人們猶在說著
比太陽更大的話
又與他何干？也許生命
原就是誤打在行外的逗點
可倫坡走過所有的眼皮底下，悄悄遠離
形成一首離世的詩
——一種造化專用的惡趣味

2004 年某日寫

026

＜素描簿＞

太陽底下
沒有新鮮事……

一、出賣
出場人物過多的劇本，電話簿（註）
論斤賣的時候
每個名字都咬了那收舊貨小販的手指一口
最瘦的一頁仍那麼重
令他以為
地球得了一種死不掉卻越來越醜的病
註：引自老笑話

二、陽光下的事
書頁撥著風的指頭
因而，一名主婦發誓要拿刀把墨魚剁成花枝

因而，山那頭的墳塚肚子一層一層地拱起
自稱大難不死的某某人
必有後福，能放出順一點的屁

他說除了情婦將他的領帶打得略緊外
此日無事，一切正常

三、尾聲
「太陽底下沒有新鮮事」
討價的老太婆說得那魚販
冷汗直流
「誰說沒有？」他指指眼角
傳來魚游的聲音

2004年5月24日寫

028

＜深夜行走＞

孤獨，以拉鍊自己咬住自己的方式喊痛
夜色蹲踞在牆上
前不見……明天，後不見昨天
只見到樹將太陽的餘溫裁成它想要的模樣
卻沒有落下一片葉子

肩頭猛然有人拍了兩下
驀然回首，一盞闌珊的路燈要亮不亮、臉色發白
而某處寺廟的鐘聲不合時宜
已淹至五層樓這麼高

2004 年 6 月 14 日寫
2008 年青年文學創作數位化作品徵集入選

029

<捕鼠器>

美麗如斯
那女人，一眨眼
就是一條命

2004 年 6 月 14 日寫

030

＜金酸莓獎＞

那是渴望
開花卻追著死亡跑的
一隻筆
夜行性，痛恨
健康
快樂
的豬
最喜歡
書
咬住了風，這類句子以及
下沉，這類字眼
認為得獎的詩
添加的貢丸肯定比譬喻來得多一些

2006 年 10 月 26 日寫

031

＜聖母悼歌＞

攸關藏在骨髓裡的某種不適
而並非是時間，那會是什麼？

據說她是個寡婦
對於遺失一只別針
與得到一把匕首之間的差別
已不太在意的年紀
有一天突然決定要革命
不是忘記把魚放冰箱
也許是叛逃之類

但她還缺一條繩子
「男人都是我我啼的雞。」
早晨升起的太陽十分欠揍
倒在化妝台上的老檀木梳子喜歡將她們的故事

032

說的很長很長
綻滿白百合的這個年代
一天又要開始

多美好的一日！
天空如此藍，只有幾片雲
過了今天
就什麼都好了
線懸垂著柔軟的雙腳
頸項伸過針孔
像在看另一邊的風景

百衲被哭喪著臉
車前草做著關於春天發芽或不發芽的夢
燕子去了
有再來的時候——死也死在同一個地方
花鈿委地無人收

033

那隱形眼鏡呢？路邊吊著一件不乾淨的衛生衣

都好久以前的事了
華清池畔，溫泉水滑洗凝脂
「waiter，湯裡有根頭髮你看見了沒」

看不見
眾裡尋他千百度，那人卻在燈火闌珊處
一個光線不足的地方，馬嵬坡，
化做一抹濃痰
因為他們說她以長髮絞死
一條可愛的小溪

沒有比這更重的罪
皇上嘆氣
就轉個彎到隔壁去

034

彷彿她死了，世界就活了
然而在這裡
她活著曬著他的白襯衫
一個戲路過少的喻依
不管飛到哪兒都是和平
她
都已風雨千年路了
仍夜夜守著黑暗中的一粒亮水銀

她想起風箏是蒲公英的末裔
今日不宜飛行
風中有太多感傷的鹽
「那些鹽，終究或者早已
在沙漠裡渴死一些
在海浬淹死一些」
子宮是最後的毒罌粟
彷彿她死了，世界就活了

035

這世界服膺雪，但不曾看過。

恆春一枝花使勁盪著鞦韆
男人發亮的背脊上
也有鹽
童年，無言的地瓜
寂寞
且找不到下聯

是咖啡因催熟了下午茶的白頭髮
而並非是時間
向日葵的影子裡藏著悲哀
冰箱裡的魚覺得冷
顯然故事說太長對大家都不好

那就停下來罷
停下來就換季了

036

假如換季⋯⋯
「那會是冬天，要死大家一起死的冬天。」
她說
可以停嗎？

另一邊有什麼？到底有什麼？
這裡
除了曬衣繩的底下
一只空袖子
被風吹得不停招手外
什麼都沒有

大概 2005 年還是 2006 年某日寫
2009 年發表於文學創作者副刊

037

<東京情色派之夜>

正因靜靜的更帶點
事後悲涼
事前嚐的況味
慾望霧一般摀著嘴
電視畫面跳動於大嘴鳥的冒險、
粗框眼鏡仔嘿嘿嘿及同樣刺激的金融犯罪間
手掌乃一匹小獸
伏在遙控器身上
其實正演出<叢林奇譚>劇碼毛克利輕搖
溫吐拉屍體那一幕
別讓今天的工作成為
明天的負擔，看著看著
那男人抽出幾張衛生紙
彷彿他哭了

2006年11月12日寫

038

＜此理＞

被害人家屬痛哭失聲
據消息指出記者拍說加十分
所在位置狗不拉屎
只顧著進行一個交配的動作
光天化日，如此大膽

下午三點四十五分
河馬秋香骨折送醫不治
園方澄清不知
水中撈起的與
壓垮駱駝背的稻草是同一根

2006年11月11日寫

039

<鬼詩>

他洗澡
熱氣氤氳
抹去鏡上的霧
看見一張受難者的臉

他駭然
披衣外奔
打開門這回他
看見自己已站門外低著頭笑笑的
說：這樣豈不極富哲理？

2006年11月17日寫

040

<囧>

好比歷史其實是荳蔻的一種
難免帶點咖啡香
他拎著茶杯的耳
猶如有些悍的妻，晃了晃，盪出
寂寞的回聲　祭祖的香煙及
少許不合法的糖的甜味，唉
下次不加糖了，不過想到
時間與爆竹一併灰飛煙滅
他卻抱頭笑成<囧>樣，致電友人
說他有詩

2006年11月23日寫

041

<蒹葭>

啊，
過來我這邊！穿過這條小河
來到我的身邊……（普契尼歌劇「修女安潔莉卡」愛樂電台的導聆）

二八韶華，我，
正值不加咖啡的年紀很亢奮
單身血型 O
寂寞彷彿盤絲洞裡乾枯的老樹及上頭
半毀而未毀那半塵埃遮覆的
蜘蛛網
還有我廢墟般的貞操，
妥善窖藏以歲月，那把無聊的梭子
也不知能否拿來加碼
如你們沽酒的方式

042

我保證我的寂寞仍是新的——若你們來
但想必沒人會來
那時我
將繼續隔水哀傷等待很多年，繼續
白露未晞

2007 年 3 月 14 日寫
2009 年「好詩大家寫」成人組優等

043

<新開的鏡子>

一張冷冷的臉
易碎品標籤
無漣漪之湖
沒有呼吸的
今晨死去的這個人
遲早要空的相框

2007年6月5日寫

044

＜自從臥虎藏龍後＞

古道有人熱腸被一刀鋪排成夕陽
導演喊 cut：「請再死一次，優雅些。」
——無奈飯後不宜輕功
說是不願中餐誤入闌尾歧途
好比大俠一多話
便退出從不家常的武林
因此只能
來點特寫香肩配寂寞長鏡頭了

蝴蝶袖一飄半輩子曾經
的女主角減重成功
卸下女俠身份在陽台晾襪子
也捻指如蓮

2007 年某日寫

045

<靜夜思>

但什麼也想不起來
除了當下的失眠
鄰居的爭執
將夜囓去了一小塊
也不知道苦不苦
這時，鐘聲，一下、兩下、三下……
沒有響起
世上最後一個敲鐘人第一個就死了
反正幾點不重要了，之於生者
我倒下
倒在一個無聊的枕頭上

2008 年 3 月 29 日寫

046

＜我們與所謂我們的不健康＞

黑夜給了我黑色的眼睛，我卻用他來翻白眼！
——引自網路流傳的某零分作文考卷

你是你男人不要的討厭鬼，心想
是的，我就要
嘔出許多許多血而死了——
於是一路急急
忙忙到天盡頭
只見養著很賤的朱文錦的圓形魚池
黏了張 A4，寫著「禁止許願！」

早上你與你寂寞的大便蹲在一起
讓風景囚住唯一的窗
太艷的計程車像瀆神的香蕉
天空將飛機憂鬱地吞吞　吐吐

047

公車則忍不住停下來，停下來
濕漉漉的球場居然沒有一片落葉

想起所有乾淨的鬢角與發亮的前額，想起
那些懶洋洋的夢
想起自己正跟自己的大便蹲在一起

「暗著燈的浴室裡
　扭死了那只水龍頭
　留初洗罷的我的髮正泫然
　滴答、滴答，才知時間註定是濕的，四壁空白
　因靈魂太稀薄，活在這副身軀中也高山症了
　機車啞啞騎過，害我們不便多說什麼
　只能如此成為你們的得獎電影
　甜日子裡的一杯苦咖啡。」

二二八公園

048

一枚彎曲的大頭針
側臥著也
不太引起爭議

胡適說，娘什麼
是啊你訝異於你
竟未因啜飲外帶星巴克的方式遭到天譴

揚起的小指
（一株毒罌粟、飄搖的狗尾芒、向陽的百合）
傷口應聲
綻開，並非嘴唇
但都在吐露髒話

於是佇立安全島
望著左右來車嗤嗤奔馳
你才知道自己已是陸地上唯一的水族

049

一時不知所措

他說「你說話的方式像花腔女高音」然後轉身離去
你一聽，就聽見遠方
海浪自己淹死自己

註：「你好娘」係屢遭今人誤解之古中國問候母親的得體用語，受者多應之以「兒子（女兒）乖」以表嘉許。（引自民明書房＜消失中的禮儀＞）

2009年1月5日寫

050

＜不成熟之詩＞

我的心好痛……好痛……
因為
除了被子和床
沒什麼留戀著我

天空灰蒼蒼也
不意外，像鴿子
以僅存的體重壓著屋簷

當我出門
就一如其它十六歲少年
走到哪兒
落葉和霧就跟到哪兒

2009 年 6 月 3 日寫

051

<生日>

一片漆黑
屋裡惟電視仍亮仍響
寂靜在逼問他許了什麼願望
燭焰苦笑著揮手作別
留下煙
纏繞著煙
以及年後的味道
電視上那位假大夫唱：
一要東海龍王角、二要蝦子頭上漿……
他用力切下
一刀，且讓現世安穩
一刀，且讓歲月靜好

2009 年 6 月 4 日寫

052

＜一張椅子加一張餐桌有幾個人＞

是否　不是
這樣的　不是

請問　請說　您的問號
全熟或八分熟　該掛在哪裡
比較不痛　還是說　用大提琴
拉個無奈的長音　這樣就好
假裝人生
終於到了一直線的時候呢

2009 年 6 月 5 日寫

053

＜奔跑＞

一聲槍響，竟無人身亡
「市立 XX 國民小學第 XX 屆運動大會」
聚集所有驕傲的父母圍觀
短短的
腿，開始頭繫布條一路狂奔

他奔跑。流汗——一種全身性的哭泣
「警察來了！」後頭的人喊，也跑著
腳尖不時沾到
散落一地的童年

血淋淋的噴漆　委屈的白布條
一顆難產的蛋，如此渾圓潔白
忽然劃過蔚藍的天空，勾勒出城市的脊線
靜默中眾人仰望；一位婦女忍不住對之合十……

054

校長高舉他的手
他的手抓著塗金漆的塑膠獎盃
而他則
怔怔地望著台下相機閃光成海
不知為何要拿著獎盃

「小偷在這裡！小偷在這裡！」

2009 年 6 月 23 日寫

055

<風雅頌>

我要離開你，親愛的夫
因為發覺我在你舌尖越變越輕

我要離開你，親愛的夫
因為我在你舌尖上變輕
你的前半生卻愈來愈重

我要離開你，親愛的夫
你的前半生不斷於用餐時跳針
跟你的下半身一樣無聊。
這個家只有你的回憶能一再勃起

2009 年 8 月 18 日寫

056

＜to be straight＞——試仿鯨向海結果不像

這些不用老師教
你們就會了

都是人字旁的緣故
你跟他，好哥們
走路外八
倚著感傷的窗時會記得討論人生並且說「幹」

女生的罩杯大小決定你們青春期憂鬱的深度
自然地，你夸父般
也開始追逐二頭肌以
便於攀爬
並於胸肌上膨脹心事
好在夏天的操場
演練風雨

057

你們彼此防守
體位偶爾尷尬
你的肌肉輕輕鎖著他的肌肉
意識到他也儼然一株開花樹
一同網購的挖背背心
卻總沒能掏出過什麼除了那些
情節相仿的維多利亞的秘密外

作為不畏光的族群你血統純良
碰巧他也是，所以
你心知肚明他好看在哪裡
的每個節骨眼上
會記得說個跟乳房有關的笑話
更多的時候，你是在抽菸中
（喉結上上下下，飛行始終延誤）
吞吐一句朦朧的：

058

認真的男人最帥
然後稱讚他的汗

2009年8月19日寫

059

＜離別＞——想像自己終於死了

死去的那一天
照常下午茶

是樹在窗外後退
是帆把旅程推得很遠

是世界
還有你們，這些不快樂的魚
被放生了

結果死的是我
說一路順風的也是我

2009 年 8 月 28 日寫

060

<煙火>

這是一場戰爭
觀賞者啊，你們
微張的眼、口
何其空洞
不下於我的美麗

2009年9月8日寫

061

＜關於曾祖母的回憶＞

（「子孫有孝順嘸？」）
（「有喔！」）

親愛的曾祖母
時間就這樣帶著您的眼角
游進一片水光淋漓的往事裡

坐在您曾經的房間裡我想著
當時您的重播楊麗花和我的新買周杰倫
總是輕輕踏錯彼此的舞步
想著當時您是否在想
那個一瓶養樂多就能打發我的很久很久以前？

「這巷弄太彎曲走不回故事裡
這日子不再綠　又斑駁了幾句……」

062

您空著的房間　蟬聲一跌就又是一個夏季
枝頭有鳥悲鳴
我們行色匆匆

註：偏偏是為參賽而寫，而且其實我不聽周杰倫。

2009年9月8日寫

063

<惡夢>

付梓時才發現
作品
　　這排全
　　個成部
　　樣　被
　　子

2009 年 11 月 30 日寫

064

<芭比留言>

我可以為你劈腿
或把肥胖像魔鬼氈般從身上撕掉
可以假裝任何罩杯等級
當一位女兒、妻子或母親
若你同時打算是個男人且異性戀
我們的孩子表情呆滯是塑膠做的
我們可以以此為題
彼此咆哮著說不是自己的錯
像一對真的夫妻
吵架然後離婚
上班然後下班
假裝我們的車和狗都真的會動
因為我向來微笑
所以或許可以說我一直是高興的
喔對了請別忘記感謝可動式關節我還可以為你下腰

______你的______

2009 年 12 月 7 日寫

065

<逃生>

克里特的邊與岸啊
你嚴厲地見證了我的淚水
我原諒你
因為我就要離開了——Elettra（莫札特<克里特王伊多梅尼奧>）

不知身後如何
沒有時間回頭
穿越地心，自另一頭蹦出
衝破大氣
忙道：「不好意思！不好意思！」
將正憂鬱的颱風挾在臂下像公事包
順手摘一片沒人要的夜色做紀念
然後向路人比個YA！

眼中地球迅速縮成
一顆酸楚的橘子

066

我躺入月亮的搖椅
太陽在腳邊
小小的　暖暖的

2009 年 12 月 14 日

067

＜康絲坦采女學生之歌＞

荀子：「人之於學問也，猶如玉之於琢磨也。詩曰
　　『如切如磋，如琢如磨也。』……」
康絲坦采：「您將見到，我堅定地承受重創。
　　請使喚、命令、
　　威脅、懲罰我並發洩您的暴怒吧。」（莫札特＜後宮誘逃＞）

請繼續
耕耘我　以愛之名
畢竟傷口發言
比舉手大聲
任重我　以道遠
您的眼神　深 刻 熱 切
我已朱墨爛然　不勝華麗
您，面孔相仿的諸 John 之一
卻日益無聊且多纖維

068

因年紀而與薑近親
如此友善
傾注我　以一切人情冷暖
予我一童軍繩，說是
要讓我去自我了解
如此友善
當我沿荒山拾級而上
行經每一朵悄然綻放的黑雨傘
步入最後一片多霧之林
抵達我的終極孤獨時
仍會說我究竟登山而累積了健康
如此人生

2009 年 12 月 18 日寫

069

<請想像三角椎>

之一
首先，請想像博物館的整體架構為一個三角椎體的形狀，由「決策部門」居於角椎的頂部，再由「業務部門」與「行政部門」相互扣合地去支撐此一椎體的整體運作。（夏學理等著<文化行政>）

之二
首先請想像

博物館的整體架構為
一個三角椎體的形狀　由
決策部門居於角椎的頂部　再由
業務部門
與行政部門相互扣合地
去支撐　此一椎體的
整體運作

070

之三
想像三角椎

想像三角椎請
想像三角椎請想像想　像
三角椎請想像三角椎請想　請想
像三角椎
請想像三角椎請想像請
請想像　想像三角椎
像三角椎

2009 年 12 月 19 日寫

071

＜跟風＞

保密防蝶
太暴力的春天，危險關係不宜張揚
我們姿勢多變
輪流溫柔地革呀革彼此的命
撞擊你我的徽章恪守陽光的節奏　也
雄壯威武
我們為益菌稀少的同一則夢
陳述漫天不多話的銀河
而之後的
戮力於學習遺忘
共同旋轉過的木馬　就只是一次不能免俗罷了
模仿那些已婚男女模仿得很像

接著就等皮下脂肪團結力量的那一天
我們都要去

072

去跟風
一起數落葉的不是
並像互不認識的人坐在燭光兩端那般
沉著　忍耐
然後繼續各自老下去

註：因為當時正在讀有關五〇年代台灣文學史的書。

2010 年 1 月 26 日寫

073

<節錄>

清明時
節雨紛紛路上
行人欲
斷魂借問
酒家何處有牧童
遙指杏花村

2010年3月9日

074

＜金魚大便＞

忘與記的衝突
橡皮擦與紙面的喇舌
筆與文學的 S 與 M
滿桌棄詩
生命的產物

2010 年 3 月 22 日寫

075

<長長的歷險（in短短的小說）>

進入虛擬世界的技術發明後，我被指派進入一前行代遊戲主機，旁有見證者一，蓋二弟是也。「快去吧。」他說。我去了，一時無數光點向身後飛逝，我出現在一個地方，看來像我出發的起點，而且這裡也有個一樣的二弟，長得一樣悲哀。更悲哀的是他說：「你幹嘛回來啊？」故事就結束了，人生則繼續。

2010年3月26日寫

076

＜強制關機＞

手死命地壓著因為對方尚在哼哼唧唧所以不能鬆開
直到他哽……哽……哽，然後不動了
科技使人殘忍
而且一天要好幾次

2010年4月19日寫

077

＜英譯——且不給解答＞

之一

Chin mean jet in way hen doe
Don’t see bay not lie bye-bye,
Yew den bye-bye jet shoe whole lie show
Soil dowdy Hi! yew den doe Joe?（日常對話）

之二

Sow name shoe die, bee Jean so lame,
Bushy hidden cream’d yule paw, Benz Times’d
whole shake. Doubt June, you when sun
seem, gang Kite Susane, ne’er gibbet Zeitung
same wheat chew, same wheat chew ne’er
quad ta rude....（節譯余光中＜白玉苦瓜＞序）

譯之二

大母豬聲稱鞋子死了，蜜蜂珍跛著腳

078

毛茸茸的奶油躲起來，一度有過節慶的掌爪
全泰唔士的賓士都搖晃著　懷疑六月之名，當時的你
有點像太陽，一批蘇珊風箏，絞刑台和雜誌從不
咀嚼同一麥穗，咀嚼同一麥穗從不
感謝你四倍的魯莽……。

譯之一
下巴意指噴射機在途中　而母雞和雌鹿
不知道月桂樹並未謊稱再見，
再見　漿果山洞、噴射機　以及這整齣謊言秀
既齷齪又過時　嗨！是漿果山洞的雌鹿喬嗎？

2010年4月23日寫

079

＜據說一樣＞

之一：引鄭愁予詩
那麼我猜想拂曉以前掠過
我們夢的谷壑以形與聲瞬息
或忘的就是你。嗒然，獨自
我對著忽明忽暗的水域追憶
對岸山腳下一縷青煙飄搖
一縷青煙飄搖如墜地的衣帶
你俯身將它拾起

之二：引穿藍衫詩人的音樂性意象語言分行短句
所以吾臆度還不到日出從一旁快速度經過但沒碰到
第一人稱複數團體睡眠眼球快速顫動期產物之兩旁隆起中央低陷地形用東西外表及空氣振動耳膜一下子
要不然記不住之即為汝。踏一聲，自己一個沒有人陪
吾向一下有光一下沒光之水繁盛處想起來
另一頭山的基底一細小條狀綠色燃燒所生氣體在空中呈輕盈貌左右晃動

080

一細小條狀綠色燃燒所生氣體在空中呈輕盈貌左右晃動可比掉到足所立處之繫衣用之束帶
汝彎腰把無生命第三人稱單數撿起來

2010年5月2日寫

081

<噓，請別吵醒我的愛！>

噓：一分鐘到了，你做了個美夢嗎？　　05/19 20:01
噓～究竟是尿溺　有道
還是「鎖未tiậu」？不過是照照鏡子
不想從新聞裡撿拾
自己的五官罷了，告訴你喔我們據說
夢想有30cm這麼長
遇見黑暗開燈就好
因為下到假檔
是我們這光影喧囂的世代能有的唯一悲哀。
一分鐘到了
然後又到了然後我們
就這樣蓋滿綽號悄悄離開
離開時對世界也真的沒有愛——
所謂成長

082

以為變成人們以為的那種人
醒醒吧……
不，不是針對你，我是說在座的各位都是……
是的其實你們和我們
都是

文不對題

2010年5月19日寫

083

<的相反>

和張大春的＜我妹妹＞撞到衫，但有本質上的差異。國小時我與我的同儕會說「的相反」，在受各種言語攻擊時喊，所以實在很沒深度。往往自認這樣能使對方口中的「你」變「我」而自取其辱，又或者是罵詞變讚美。但又總不承認對方的「的相反」的效力，彼此見縫插針，畢竟沒人規定白色的相反不能是邪惡，那麼，豬的相反又會是什麼呢？因此又總需要加上許多解釋。

以上，不作結應該也沒關係。

2010年5月26日寫

084

<如歌的行板>

去死
是另一種道別在異鄉
在這麼這麼多的一切之後

註：Tschüs!

2010年7月2日寫

085

<累>

註：對呀對呀，這真是很老套吧。

2010年8月3日寫

086

＜天鵝＞

減肥，衣服與身材的 S 與 M

美是真理躲在一顆臃腫的橘子裡
剝著剝著到最後
才發現是顆洋蔥喊著痛

「當水面只照得出一隻天鵝
　岸邊的醜小鴨
　激動得哭了起來」

2010 年 8 月 5 日寫

087

＜貴子＞

她跑進廁所懷著大便的心情
卻產下一個嬰兒
前情提要結束——
正片不會開始。
而你過度自信
直搗我
是一種師
比獸更有福
且差一點點就好看　的那一種
重點是你拿著遙控器但你為什麼不看韓劇？

牙刷瑣碎口臭渾成
那題雞兔同籠
異夢結局不必計算
我們的關係簡單如香腸

088

聽說也致癌
我的罩杯你的語言

——啊，親愛的台北猶是水溝色的夜
趁貓睡著前（趁城市混聲大合唱展開前）
她睫毛輕搧兩下就飛入天空像自尊膨脹起來的女高音
「請愛用
駱駝牌睫毛膏。」
這世界誰死都不值得傷心
雨季時她流黑色的淚
拒絕成聖
也還是會看幾齣韓劇

2010年10月22日寫

089

＜歡迎光臨百萬小學堂＞

法國的首都
不是羅馬不是維也納
所以是 A 在框框裡
還有還有，
沒什麼在它該在的位子上時叫做滿江紅

耶穌在十字架上
晚餐在冰箱裡
媽媽留

2010 年 10 月 24 日寫

090

＜花系列＞

憤怒
是捻著咖啡杯在皮沙發上
端莊地顫抖
這個家
永遠不缺一座輝煌的旋轉樓梯　畢竟
吵架，總是在樓梯頂端
你我互呼巴掌
而我總是滾下樓梯如一把木椅子
坡度正適於流產所以也總是流產
總是救護車閃著血光
分割我們人生的幕與幕
然而什麼都是註定好的我會頭紮繃帶如一日本重考生
所以總是沒差會晃著頭轉醒問「這裡是哪裡」和「孩子呢」
你會搖晃我的肩叫我撐下去非常激動
惟恐劇終，但其實，你知道嗎

那不過是換一副面孔改一點身世
到續集裡
再那樣子活一次

091

2010年11月3日寫

092

＜不說鋤頭是鋤頭＞

向七百年前取經
截一段傳說
泡個漂白水，再描張詼諧的臉
倒還挺像真的
最後才發現
說書的
就是那個成聖的人
第一個逗漁父發笑的人

註：改自志光超級函授世界文化史教材的第三百三十二頁，＜十日談＞內容介紹。

2010 年 11 月 27 日寫

093

＜相聲——好不熱鬧＞

「上台一鞠躬。」
「還不是為五斗米折腰？」

「這就是人生啊！」
「說成當歸大概值點錢。」

「靈魂無價。」
「結果沒人買得起。」

「別忘了，神愛世人。」
「那是電線桿說的。」

「照顧芻狗不遺餘力的電線桿。」
「啊門！」

094

「門鎖上了，幸而還留一扇窗。」
「但這兒可是四樓哪！」

「讓人失去雙腳，卻得到一對翅膀。」
「也算一種交易唄？」

「好不划算！」
「好不划算……。」

「蟑螂愛我。並且」
「蒼蠅也愛我。下台一鞠躬。」

2010年11月28日寫

095

＜進行式＞

說是死了，翻個身
發現還在紙的背面活著
皺巴巴的
回憶
滾出口袋沒有聲音
生活在上頭
添了一個鞋印
無法證明不在場
或不曾從事任何形式的遺棄

註：從北島的詩集＜守夜＞裡挑幾句改寫，然後拼湊起來而成。

2011 年 2 月 25 日寫

096

<二〇一一年>

我死了又活了
一隻銜尾蛇
可曾有人問，咬著的
是永恆或者究竟只不過是還有點餓？

「我給饑餓者麵包，給裸露者衣服——」（第五王朝後埃及眾法老）
茉莉花開　眾口
爍金，在你舌上我卻愈轉愈小

倘這裡多雨
雨後之傘如黑蝙蝠正失血
但這裡多沙
沙在足指縫中探詢現實的細節
現實是一隻跛足
擺盪，在白色與謊言

097

　　歲月與盧梭
　　鴉雀與無聲
　　無論與如何之間
擺盪，成一把焦慮的安樂椅
矛盾，像甜日子裡的一杯苦咖啡
源遠流長的歷史一扭
便扭成華西街一截妖嬈的水蛇腰
在靈魂上灑鹽
據說才能取悅所有冷感的舌尖
十面埋伏
一張張面孔全嘿嘿然
嚼一嚼然後吹了一個爆起來很響的泡泡
有誰在意細節？
將我當填充題橫線上填幾個耳熟的神的名字罷了

「我渡無船者過河，我埋葬那些沒有子嗣的亡者。」
有誰在意

098

其實我一次次活著，偶爾住院但不曾死亡
而且不負責預言

註：從洛夫的詩作＜漂木＞裡挑幾句改寫，然後拼湊起來而成。

2011年2月25日寫

099

＜七恨＞

一、古代宅

一恨曹公拖稿
二恨鏡花爛尾
三恨三都限量
四恨江郎才盡
五恨賈島慢筆
六恨鶯紅紙上
七恨秋月獨圓

二、二代宅
一恨富奸拖藁
二恨恠物爛尾
三恨鏜彈限量
四恨尾田才盡

五恨三浦慢筆
六恨女神虛構
七恨沒人愛我

100

2011 年 8 月 6 日

101

＜邵氏武俠＞

只欠一個開打的理由甚至
開打的理由
也只是穿大 V 領上衣　和露出胸肌
的藉口

包括一切恩怨一切情仇
包括

還要用很多很多方式扯破它

註：「括」需讀「擴」。

2011 年 10 月 18 日寫

102

<政治>

沒什麼
大不了的

2011年10月22日寫

103

<搞笑藝人>

他說他要寫首詩
挖空心思
結果就失血過多死掉了

2011 年 3 月 27 日寫

國家圖書館出版品預行編目

的相反 / 鄭安邦著. -- 一版. -- 臺北市：醸出版,
2012.07
面； 公分. -- (讀詩人 ; PG0776)
BOD版
ISBN 978-986-5976-38-5 (平裝)

851.486 101009037

讀者回函卡

感謝您購買本書，為提升服務品質，請填妥以下資料，將讀者回函卡直接寄回或傳真本公司，收到您的寶貴意見後，我們會收藏記錄及檢討，謝謝！

如您需要了解本公司最新出版書目、購書優惠或企劃活動，歡迎您上網查詢或下載相關資料：http:// www.showwe.com.tw

您購買的書名：________________________

出生日期：________年________月________日

學　　歷：□高中（含）以下　□大專　□研究所（含）以上

職　　業：□製造業　□金融業　□資訊業　□軍警　□傳播業　□自由業　□服務業　□公務員　□教職　□學生
□家管　□其它________________

購書地點：□網路書店　□實體書店　□書展　□郵購　□贈閱　□其他

您從何得知本書的消息？

□網路書店　□實體書店　□網路搜尋　□電子報　□書訊　□雜誌　□傳播媒體　□親友推薦　□網站推薦
□部落格　□其他________________

您對本書的評價：（請填代號　1.非常滿意　2.滿意　3.尚可　4.再改進）

封面設計______　版面編排______　內容______　文／譯筆______　價格______

讀完書後您覺得：

□很有收穫　□有收穫　□收穫不多　□沒收穫

對我們的建議：________________________

____

請貼
郵票

11466
台北市內湖區瑞光路 76 巷 65 號 1 樓
秀威資訊科技股份有限公司 收
BOD 數位出版事業部

（請沿線對折寄回，謝謝！）

姓　　名：＿＿＿＿＿＿＿＿ 年齡：＿＿＿＿ 性別：□女　□男

郵遞區號：□□□□□

地　　址：＿＿＿＿＿＿＿＿＿＿＿＿＿＿＿＿＿

聯絡電話：(日)＿＿＿＿＿＿＿＿ (夜)＿＿＿＿＿＿＿＿

E-mail：＿＿＿＿＿＿＿＿＿＿＿＿＿＿＿＿＿